I0686280

VOYAGE BIBLIOGRAPHIQUE,

ARCHÉOLOGIQUE ET PITTORESQUE,

EN FRANCE ET EN ALLEMAGNE,

PAR LE REV. TH. FROGNALL DIBDIN.

4°Z. L. Senne
938 (1)

LETTRE NEUVIÈME

RELATIVE

A LA BIBLIOTHÉQUE PUBLIQUE

DE ROUEN,

TRADUITE DE L'ANGLAIS, AVEC DES NOTES,

PAR M. TH.ᴿᴱ LICQUET,

CONSERVATEUR DE CETTE BIBLIOTHÉQUE.

BIBLIOTHÈQUE NATIONALE
FONDS
LE SENNE
N.º 1494
IMPRIMÉ

A PARIS,

DE L'IMPRIMERIE DE CRAPELET.

M. DCCC. XXI.

PRÉFACE.

J E n'étais point conservateur de la Bibliothéque publique au moment où M. Dibdin y vint recueillir des notes pour l'ouvrage qu'il a dernièrement publié. Appelé depuis à la direction de cet utile établissement, j'ai acquis le droit, peut-être ai-je contracté l'obligation de parler des écrits qui le concernent. Je m'acquitterai aujourd'hui de ce devoir avec toute l'exactitude dont je suis capable. Entièrement inconnu à M. Dibdin, je ne pouvais figurer et ne figure pas en effet parmi les nombreux personnages qu'il introduit sur la scène. Tout-à-fait désintéressé sous ce rapport, je ne puis avoir qu'un motif, la recherche de la vérité ; qu'un but, celui de la justice ; qu'un sentiment, celui d'une impartialité rigoureuse.

Six Lettres sont consacrées à la ville de Rouen [1] ; peut-être les publierai-je successive-

---

[1] La première est relative aux environs, aux boulevards, à la population, et à l'aspect des rues. La deuxième comprend l'architecture ecclésiastique, la cathédrale, les

ment ; mais j'ai dû m'attacher d'abord à celle
où M. Dibdin parle de la Bibliothéque confiée
à mes soins. Je ferai en sorte de ne point
m'écarter du sens de mon auteur ; j'éviterai en
même temps, si je le puis, d'être copiste ser-
vile, pour ne pas trop décolorer ses pensées ;
le sens n'est pas toujours dans le mot, et un
équivalent est souvent la traduction la plus
fidèle. *Non verbum verbo curabis reddere.*

Bibliothécaire, je dois commencer par re-
mercier publiquement M. Dibdin. Il a fait
hommage de son travail à l'établissement que
je dirige, et son livre sera placé honorablement

monumens, les cérémonies religieuses, l'abbaye de Saint-
Ouen, les églises de Saint-Maclou, Saint-Vincent, Saint-
Vivien, Saint-Gervais et Saint-Paul. La troisième, les
halles, la place de la Pucelle, le bas-relief du champ du
Drap d'or, le palais et les cours de justice. La quatrième,
les quais, le pont de bateaux, la rue du Bac, la rue de
Robec, les eaux de Robec et d'Aubette, la montagne
Sainte-Catherine, l'Hospice général, l'Hospice d'Huma-
nité. La cinquième, l'imprimerie ancienne à Rouen, les
imprimeurs modernes, les livres à bon marché, les li-
braires, les amateurs de livres. La sixième enfin, la Bibliothéque publique, les manuscrits et les livres imprimés
les plus rares et les plus curieux, (et le Muséum).

C'est de cette dernière Lettre que je donne la traduction.

à côté du beau Catalogue donné par lui à l'Académie royale de cette ville. Les inexactitudes de l'ouvrage ne nuisent en rien au procédé de l'auteur, de même qu'une critique franche, loyale, sévère même si l'on veut, ne saurait affaiblir, dans l'écrivain qui réfute, les sentimens d'estime et de considération qu'inspire l'écrivain réfuté.

On l'a remarqué avant moi [1], et j'avoue que je partage dès à présent cette opinion, l'ouvrage de M. Dibdin ne paraît pas sous les formes dont on s'attendait à le voir revêtu. La légèreté du style est peu en harmonie avec le fond du travail ; la malignité des idées contraste désavantageusement avec la gravité que l'on doit supposer à l'auteur. Des observations futiles, des détails sans intérêt, des remarques, il faut bien le dire, où les convenances sont trop souvent méconnues, peut-être même quelques personnalités ; voilà ce qui tendra toujours à déparer un ouvrage que la science réclamait tout entier, et que M. Dibdin était sans doute à portée d'entreprendre et d'exécuter.

[1] M. Crapelet, Préface de la traduction de la trentième Lettre.

Fort de ses avantages, environné de tous les moyens de réussite, M. Dibdin pouvait parcourir en maître les trois larges chemins qu'il s'était tracés à lui-même. La bibliographie, l'archéologie, le dessin, lui prodiguaient à l'envi les plus riches matériaux pour la construction de l'édifice qu'il méditait à son retour ; les ornemens n'eussent pas été déplacés sans doute ; mais l'architecte s'est trompé au choix qu'il a fait, et loin d'avoir ménagé toujours d'agréables oppositions, il n'a fait qu'établir souvent de malheureuses disparates.

J'adresserai un autre reproche à l'ouvrage de M. Dibdin ; je veux parler du peu d'exactitude des gravures, sous le rapport du point de vue. L'aspect des monumens qu'il retrace laisse toujours quelque chose à désirer. Les scènes, à peu près d'invention, dont on a voulu animer ces gravures, sont mal entendues, et peu propres à donner une idée de ce qui est. Le dessinateur paraît s'être imposé l'obligation de ne pas sortir du grotesque. Les marchands de coco, surtout, avaient pour lui un attrait tout particulier. Ainsi, page 5o, vous voyez un *petit* marchand de coco qui vous tourne le dos, et donnant à boire à une demi-douzaine d'enfans qui l'entourent ; page 109 , se présente un *énorme* marchand de coco , coiffé d'un chapeau à cornes , ridicule par ses proportions démesurées , et chaussé de sabots que j'appellerais volontiers sabots à la *poulaine*. Page 112, vous retrouvez l'inévitable marchand de coco , qui cette fois ne donne pas à boire , mais se montre dans l'attitude d'un homme qui pérore, et fait la leçon à des gens du peuple qui l'écoutent. [1]

Supposons un étranger qui n'ait aucune connaissance de la ville de Rouen , je dis aucune ; présentez-lui les gravures qui accompagnent l'ouvrage de M. Dibdin ; cet étranger prendra nécessairement une fausse idée des costumes , en ne rencontrant jamais que des gens habillés comme on l'est à la campagne, des porte-faix, des porteurs d'eau , des charretiers et des marchands de coco. Je ne sache pas y avoir remarqué d'autres personnages, excepté pourtant deux ecclésiastiques presque

[1] Je fais grâce au dessinateur d'un quatrième marchand de coco qui se trouve avec celui de la page 50, mais sur un autre plan.

imperceptibles, et qu'on n'aperçoit qu'à l'aide de bons yeux.

M. Dibdin a publié des renseignemens erronés sur quelques uns de nos manuscrits et livres imprimés ; l'ouvrage de ce savant à la main, on pourrait un jour élever des doutes sur l'authenticité de quelques unes de nos raretés bibliographiques. Prévenir ces inconvéniens, signaler plus d'une inconvenance, rétablir plus d'un fait : voilà le but, le seul but que je me sois proposé. Si l'on m'en supposait un autre, je le désavoue dès à présent.

Lettre Neuvième

RELATIVE

A LA BIBLIOTHÉQUE DE ROUEN.

BIBLIOTHÉQUE PUBLIQUE. — COMPTE RENDU DE QUELQUES MANUSCRITS ET LIVRES IMPRIMÉS, LES PLUS CURIEUX ET LES PLUS RARES.

L'HORLOGE de la cathédrale a sonné onze heures, et il est grand temps de visiter la Bibliothéque publique. Cet établissement est ouvert tous les jours, le jeudi excepté, depuis dix heures jusqu'à deux. M. Gourdin, conservateur, est un bibliographe savant [1] et expérimenté. Nous lui devons deux bonnes notices sur les fameux *Missel* et *Bénédictionaire*, les plus anciens et les plus curieux des manuscrits ornés de vignettes qui se trouvent dans la collection. Je parlerai tout à l'heure de ces manuscrits. Le sous-

---

[1] Je me sers en français de l'expression que l'auteur aurait dû employer lui-même dans sa langue. Le mot *intelligent*, préféré par M. Dibdin, me paraît trop peu en rapport avec les connaissances profondes et très variées de mon respectable prédécesseur.

bibliothécaire est M. Fossard ; et M. Fossard aura
toujours droit à mes sincères remercîmens, et à
mon plus amical souvenir, pour la manière également obligeante et active avec laquelle il a bien
voulu vérifier quelques passages, et transcrire une
partie d'un manuscrit de *Robert du Mont*, pour ré-
pondre au désir de notre ami *** [1]. Il reste à M. Fossard quelques petites choses à apprendre dans sa vo-
cation bibliographique [2]; mais avec de la jeunesse,

[1] Probablement M. *Pétrie*, garde des archives de la tour de
Londres. Il était à Rouen vers le milieu de septembre dernier,
et je me suis trouvé heureux de pouvoir faciliter quelques
recherches qu'il avait à faire dans nos vieux manuscrits histo-
riques.

[2] (M. Fossard, sous-bibliothécaire, m'a remis les deux notes
suivantes, avec prière de les insérer.)

« Il n'est pas possible, je pense, d'accuser ici M. Dibdin de
« précipitation ou de légèreté ; M. Dibdin a pris tout le temps
« de méditer le conseil que sa bienveillance lui a suggéré pour
« un jeune bibliographe qui, lors de son passage par Rouen,
« en 1816, n'avait encore que vingt-trois ans. »

— « Un bibliographe aussi distingué que M. Dibdin aurait dû
« compter davantage sur le mérite que ses connaissances ont su
« donner à son ouvrage, et ne pas descendre jusqu'à des détails
« insignifians, jusqu'à des personnalités incapables d'y ajouter
« aucun intérêt ; mais puisque M. Dibdin n'est point assez maître
« de sa plume pour s'abstenir d'écrire indifféremment tout ce
« qui se présente à son imagination, il aurait pu dire, il me
« semble, que pour faire diversion à notre bavardage biblio-
« graphique, nous fîmes tomber la conversation sur les diffé-
« rences caractéristiques qui existent entre les dames françaises
« et les dames anglaises ; il aurait dû aussi rapporter sur quels

de la bonne volonté, un esprit cultivé et bien dirigé, on vient à bout de tout. C'est un jeune homme agréable et plein de zèle; il a facilité mes recherches avec une constance non interrompue. Dans les intervalles de notre bavardage bibliographique, il ne tarissait pas, extasié qu'il était, sur les beaux yeux bleus d'une jolie Anglaise qu'il avait remarquée un jour dans l'intérieur de la Bibliothèque, au moment où elle regardait l'énorme missel *in-folio* [1] dont on a parlé dans un certain ouvrage intitulé *le Décaméron bibliographique* [2]. Je reviendrai sur ce superbe manuscrit.

Mais il est nécessaire que vous sachiez tout ce qui concerne le lieu sur lequel cet édifice remarquable est construit. Veuillez vous reporter à l'une de mes précédentes Lettres [3], si toutefois vous ne les avez pas jetées au feu. Vous verrez que j'y fais mention d'un certain réfectoire qui formait angle droit avec le côté nord de l'abbaye de Saint-Ouen. Ce réfectoire a été démoli, et l'Hôtel-de-Ville actuel a pris sa place, ou du moins s'est élevé tout auprès. Ce bâtiment est remarquable par son étendue plutôt que

« points nous étions en controverse, et sur quels autres points
« nous étions d'accord. On aurait cru voir deux champions armés
« pour la défense des dames de leurs pays, et l'on aurait pu rire. »
   [1] C'est un *Graduel*, et non un *Missel*.
   [2] Ouvrage de M. Dibdin.
   [3] Lettre cinquième.

par sa beauté. Les bureaux de la Mairie occupent le bas et la galerie du premier. Le Muséum et la Bibliothéque publique règnent sur deux lignes parallèles, au second étage. Les escaliers qui conduisent aux bureaux sont élégans et bien aérés, principalement celui qui mène à la Bibliothéque et au Muséum. On m'a montré, comme un modèle unique d'architecture, l'escalier volant qui aboutit à l'un des bureaux; mais j'ai fait observer que nous en avions deux semblables, ou plutôt supérieurs, l'un à Somerset-House, l'autre au théâtre de Drury-Lane.

Pour une ville de province, la Bibliothéque et le Muséum sont deux établissemens dignes d'attention. Les étrangers peuvent voir les tableaux tous les jours, sans rétribution [1]. Je me bornerai à dire qu'au milieu de tout le fatras [2] qui offusque la vue, et qu'on envoie ici de Paris, pour être exposé à l'admiration

[1] Il n'y a de rétribution pour personne, ni dans le Muséum, ni dans la Bibliothéque.

[2] *Au milieu de tout le fatras.* Le conservateur du Muséum, à qui j'ai communiqué ce passage, est loin de partager l'opinion de M. Dibdin. Il prétend (le conservateur) que le Muséum de Rouen possède d'excellens tableaux, et des productions très estimables des maîtres de toutes les écoles; il m'a cité sur-le-champ Perugin, Raphaël, Mignard, Jouvenet, Lanfranc, le Dominiquin, le Guerchin, Rubens, Jacques Jordaens, Vernet, Carle Dujardin, etc. etc. et j'oubliais le Carrache. D'après cela, je me suis persuadé que M. Dibdin n'avait jeté qu'un coup d'œil très superficiel sur la collection, et je l'accu-

des Rouennais, j'ai vu, avec une grande satisfaction, un ancien et curieux tableau offrant les portraits des principaux chefs de la Ligue. Un prince du sang, m'a-t-on dit, en a offert une somme considérable. Il y a là aussi un ou deux bons tableaux, que l'on suppose être des premiers essais de Jean Van Eyk ; un autre de Raphaël, dans sa jeunesse, représentant le Christ mis au tombeau, et rappelant un peu la manière de Perugin ; et ce qui vaut mieux que plusieurs douzaines de tableaux qui l'entourent, un beau *Saint-François* par Annibal Carrache, digne en tout de la haute réputation de son auteur. D'innombrables pieds carrés sont tapissés de *La Hires* et de *Jouvenets*, que l'on paraît estimer plutôt par leur dimension que par leur mérite. Le plus petit *Raphaël*, ou un élégant *Parmegiano* vaut toute cette cargaison de ridicules enluminures et d'insignifiantes compositions. [1]

sais de légèreté dans son examen ; le conservateur du Muséum m'a paru beaucoup plus sévère.

Que devient maintenant la petite plaisanterie lancée contre les Rouennais ? Ne retombe-t-elle pas plus piquante sur son auteur ?

[1] *De La Hires et de Jouvenets.* J'ai vite couru à l'*errata* quand j'ai vu notre *Jouvenet* enveloppé dans une condamnation aussi étrange. J'étais fermement persuadé qu'il y avait erreur typographique en cet endroit ; je me trompais. Eh quoi ! parmi tous les témoins qui devaient déposer des talens de Jouvenet, M. Dibdin n'aurait-il point aperçu *le Paralytique guéri*, *Esther devant Assuérus*, *la Madeleine chez le Pharisien*, *Jésus-*

A l'extrémité de la première des deux longues
salles ou galeries de tableaux, est placée une statue
de grandeur naturelle, et en terre cuite, de Cor-
neille, né à Rouen dont il est la gloire. Il est re-
présenté assis : c'est un ouvrage d'un mérite réel;
l'attitude est pleine d'expression ; mais le nez, quoiqu'assez prononcé, est un peu aplati, quand les mé-
dailles, au contraire, lui donnent la forme aquiline.
Toute facilité est offerte aux artistes des deux sexes
qui veulent reproduire les trésors de cette collection [1] ; et j'ai remarqué avec autant de plaisir que de
surprise, deux dames et un major de la garde nationale (ce dernier en bottes à la russe armées de longs
éperons, et fourni d'une paire de moustaches analo-

Christ chassant les vendeurs du temple, la Pêche miraculeuse et
la Résurrection du Lazare? Non; ils ont échappé aux regards
du juge, et l'on ne s'en aperçoit que trop au jugement. M. Dibdin est sans doute le premier qui ait parlé avec ce mépris de
l'un des peintres les plus célèbres de notre école, d'un peintre
qui se distingue surtout par la vaste étendue de ses compositions, l'heureuse disposition de ses groupes, et la fierté de
son dessin; par la science qu'il a du clair-obscur, par la verve
de son pinceau, la vérité de ses effets, et la hardiesse de ses
combinaisons.

Le Brun devina les chefs-d'œuvre de Jouvenet ; Louis xiv
mit sa gloire à les faire éclore; M. Dibdin s'amuse à dénigrer
leur auteur.

[1] Après ce qu'il vient de dire, M. Dibdin s'égaie, plus que
probablement, en parlant des trésors de la collection. Mais
il est assez remarquable que M. Dibdin tienne ici le langage
de la vérité, lorsqu'il croyait ne parler que celui de l'ironie.

gues), occupés à retracer sur une large toile des tableaux sans beauté, comme sans expression.[1]

Nota. Tout ce qui se trouve entre deux crochets dans cette traduction, forme les notes du texte anglais.

[L'Académie de peinture de Rouen a été fondée par M. Descamps, jeune peintre flamand. En 1740, M. Descamps se rendant en Angleterre, par le Havre, se trouvait à Rouen. MM. Cideville, Bourdonnaye et Le Cat le pressèrent vivement de changer de dessein, de s'établir en cette ville, et d'y fonder une école de peinture. Vers l'an 1750, ce projet avait reçu son entière exécution. Descamps est surtout connu par son élégant ouvrage intitulé *la Vie des Peintres flamands, allemands et hollandais*, avec des portraits gravés, 1753, *in*-8°, 4 vol. Quelques personnes pensent que les gravures, dont plusieurs ont été exécutées par Fiquet, constituent le principal mérite de cet ouvrage[2]. Il a été traduit en hollandais, et l'on reconnaît dans plusieurs portraits le talent unique d'Houbraken. Lord Spencer possède une collection de ces portraits. Les épreuves sont rassemblées sans ordre et sans texte, dans un format *in*-4°. Le petit-fils de Descamps[3] est le professeur[4]

[1] Je concevrais la surprise de M. Dibdin, mais en vérité je ne conçois pas son *plaisir*. Je ne parle pas de la bizarrerie de l'observation.

[2] Remarque maligne, mais injuste. Le mérite de l'ouvrage de M. Descamps père ne dépend point des gravures de Fiquet.

[3] C'est son fils, et non son petit-fils.

[4] Le professeur de peinture est M. Lecarpentier. M. Descamps est conservateur du Muséum.

de peinture. C'est un vieillard fort civil et encore
plein de feu. Si le lecteur veut un récit plus détaillé
des tableaux du Muséum de Rouen, il peut consulter le *Voyage en France*, par le lieutenant Hall,
1819, *in-8°*, quoique les détails relatifs à l'établissement ne soient qu'un accessoire dans l'ouvrage.]

Avant d'entrer dans la Bibliothéque publique, on
traverse une salle assez petite, mais bien propor-
tionnée, où se tiennent les séances de l'Académie de
Rouen [1]. Un buste en marbre [2] du roi actuel est placé
à l'une des extrémités. La vue du côté opposé, et
que l'on découvre également des fenêtres de la Bibliothéque, est véritablement fort gaie. De cet endroit, l'œil commande quelques unes des riantes
collines qui entourent la ville ; et M. Gourdin, qui
demeure derrière l'une de ces éminences, m'a dit
qu'il y retournait tous les soirs, et qu'il en venait
chaque matin pour l'accomplissement de ses devoirs
dans la Bibliothéque publique. [3]

Après la salle de l'Académie, vous en traversez

[1] On ne traverse point la salle des séances de l'Académie,
mais un passage d'où l'on voit l'intérieur de cette salle.

[2] Il est en plâtre.

[3] Il n'y aurait rien d'étonnant à ce que le bibliothécaire eût
fait, tous les jours, la route de chez lui à la Bibliothéque et de
la Bibliothéque chez lui. M. Dibdin a voulu dire que le domicile
de M. Gourdin était à une petite lieue de la ville, et que ce respectable vieillard faisait ce chemin, deux fois par jour, et à pied,
à l'âge d'environ quatre-vingts ans. M. Gourdin est encore très
en état de le faire, quoiqu'il ne le fasse plus aussi souvent.

une seconde, que l'on appelle salle de lecture, et où l'on vous apporte régulièrement tous les ouvrages que vous avez besoin de consulter. La Bibliothèque proprement dite s'étend à peu près sur une longueur de cent pieds anglais. La hauteur et la largeur sont en proportion. Les croisées sont larges, la galerie fort éclairée, et l'on découvre d'un coup d'œil tous les trésors qu'elle renferme. Parmi ces trésors, tout au fond de la Bibliothèque, sur une *petite* table re-- pose l'*énorme* Missel dont j'ai parlé plus haut. Le *cicerone* qui le fait voir[1] est un vieux portier d'environ soixante-dix ans. Il s'avance vers vous avec gravité, vous place au bas du livre, pendant qu'il se tient à la tête, et après quelques lieux communs de sa rhétorique, l'impitoyable créature mouille son large pouce, et tourne les feuillets, en le fixant précisément, chaque fois, sur la tache primitive. Après cela, jugez de l'aspect effroyable de la marge, à l'endroit où ce pouce barbouillé a pris l'habitude de retomber périodiquement. Voilà qui est hérétique, abominable, et il faudrait y remédier sur-le-champ. Tous les étrangers, particulièrement les Anglais[2],

---

[1] Je n'ai pu trouver d'expression pour rendre le *shew-man* un peu burlesque de M. Dibdin.

[2] Si le pauvre *shew-man* vivait encore, il serait bien étonné sans doute, et plus fier à coup sûr de figurer dans un ouvrage scientifique, orné à grands frais de nombreuses gravures, et magnifiquement imprimé sur vélin; mais qu'il soit mort avant

visitent cette curiosité graphique, comme le premier objet digne de leur attention. C'est le résultat de trente ans de patience, de soins et d'adresse. Sous le rapport de l'art en général, ce manuscrit pourrait mériter diverses critiques; mais rien ne saurait vous dispenser d'admirer en lui l'idée heureuse de l'invention, et l'éclat des couleurs qu'il étale. En ayant déjà décrit les caractères, il ne me reste plus qu'à proclamer le nom de l'auteur : c'est *D'Aubonne*, moine bénédictin, mort en 1714.

Le premier manuscrit que j'ouvris pour l'examiner en détail, ce fut le fameux *Missel*, supposé, avec raison, être du xie siècle, puisque la table dominicale s'étend de 1000 à 1095.

[Parmi les saints anglais du calendrier, nous remar-

d'avoir pu jouir de sa gloire, que le Graduel ne soit plus au fond de la salle; qu'il repose, cet *énorme in-folio*, sur une *petite* table, ce qui n'est guère possible, ou sur une grande, ce qui est plus probable; ce n'est pas de quoi il s'agit. J'abandonne ces détails, malgré l'attention qu'ils méritent. Je dirai seulement, pour la justification de mon prédécesseur, que le manuscrit n'est point dans l'état où M. Dibdin le représente, que l'aspect des marges n'a rien d'effroyable, que certaine salissure qu'on peut y remarquer existait avant le dépôt à la Bibliothèque; qu'au surplus tout cela peut disparaître sans de grandes difficultés, et qu'enfin si la blancheur des marges est un peu altérée, il faut en chercher la cause dans la complaisance qu'on a eue, pendant dix ans, de faire voir, dans ses détails, ce manuscrit aux étrangers, et principalement aux Anglais, comme le remarque M. Dibdin.

quons les noms de Cuthbert, Guthlac, Elfege, et
Etheldith , mais ni Dunstan ni Ethelwold.]

On l'appelle *le Livre de Guthlac ;* et , en effet, les pre-
mières phrases contiennent une prière pour obtenir la
protection de ce saint. C'est un très beau volume d'environ treize pouces de long sur neuf de large ; mais j'en
veux donner une description particulière. Les quatre
premiers feuillets offrent le grand caractère semi-
saxon, ordinaire à cette époque. Le calendrier est
écrit d'un petit caractère alterné de rouge, de bleu
et d'or. Dans l'opinion de M. l'abbé Gourdin [1], ce
n'est pas seulement ici un calendrier très complet,
mais il est encore fort curieux. On remarque, à la
suite de ce calendrier, un petit poëme en vers hexa-
mètres et pentamètres [2] sur les révolutions de la
lune, les jours de la semaine et les mois de l'année.
Il est encore digne d'observation qu'on disait alors
la lune de Pâques, la lune des Rogations, la lune
de la Pentecôte. On a inséré, dans la préface, le
nom de ceux pour l'âme desquels il a été dit une
messe. La partie préliminaire occupe environ les
seize premiers feuillets [3] ; ceux qui suivent immé-

---

[1] M. Gourdin n'est pas abbé ; je le remarque une fois pour
toutes.

[2] Ceci est rigoureusement vrai ; mais il fallait peut-être dire
que sur soixante-deux vers dont ce petit poëme se compose,
il n'y en a pas six pentamètres. Tous les autres sont hexa-
mètres.

[3] Tous ceux qui s'occupent de bibliographie savent combien

diatement paraissent avoir été déchirés. Le reste rappelle parfaitement le caractère et la manière en général du fameux *Missel* appartenant au duc de Devonshire, écrit par Godeman, au xe siècle, d'après les ordres du grand Ethelwold. Les bordures enluminées représentant des ornemens d'architecture en couleurs et or, aussi-bien que les grandes capitales, sont d'une exécution tout-à-fait magnifique. Au *verso* du huitième [1] feuillet et au *recto* du neuvième commence la série des vignettes coloriées sur différens sujets, tels que *la Nativité*, *l'Adoration des Mages*, etc. *La Fuite en Égypte*, vignette assez originale, représente Joseph portant la quenouille de Marie.

Toutes ces vignettes sont enfermées dans une espèce de bordure ou de cadre offrant des ornemens d'architecture. Parmi celles que je vais indiquer, *la Trahison de Judas* [2] n'est point du tout mal traitée.

l'exactitude est nécessaire dans la description d'un livre, soit manuscrit, soit imprimé. Une négligence est quelquefois une faute grave, et peut dans la suite faire élever des doutes sur l'identité des livres décrits. Je crois donc qu'il était essentiel de ne point parler ici d'*à peu près*, et qu'il fallait compter les feuillets. Il y en a vingt-quatre, non compris une première feuille portant une note indicative. J'ajoute que seize n'est point l'à peu près de vingt-quatre.

[1] Le lecteur pourrait croire qu'il s'agit des 8e et 9e feuillets du manuscrit. Ce sont les 32e et 33e, ou bien les 8e et 9e après les vingt-quatre et non seize de préliminaire.

[2] Je traduis ainsi *the Betrayal of Christ.*

Les figures ont environ trois pouces de haut [1], et les entourages sont très remarquables. Suivent *le Crucifiement* et *la Descente de Croix*. Dans cette dernière, la figure de Marie est exécutée d'une manière plus touchante. Dans *la Résurrection,* l'ange assis sur le tombeau est absolument dans le goût de celui que nous offre le livre du duc de Devonshire ; mais la composition en est moins animée. Au *recto* du feuillet, vis-à-vis le *verso* de celui qui représente *le Jour de la Pentecôte,* le texte est entièrement d'or [2], et enfermé dans un encadrement. Sur le revers du 106ᵉ feuillet [3] est la figure suivante. C'est saint Pierre qu'on a voulu représenter. Le texte de la feuille qui est vis-à-vis est en lettres d'or, et relatif à ce saint. Une particularité dont je crois devoir vous informer, c'est que les cheveux du saint sont en bleu-clair, le manteau de dessus vert, et la tunique de dessous orange. L'auréole est d'or, aussi-bien que

[1] Celle du Christ en a près de quatre.

[2] Le texte n'est pas *entièrement* d'or. Il y a trois mots en encre bleu-clair, qu'il fallait mentionner. Cette remarque s'applique à plus d'un passage où M. Dibdin assure que le texte est d'or.

J'ajoute aussi que des feuillets où le texte est *entièrement* d'or ne sont pas mentionnés par M. Dibdin. Aucune de ces remarques n'est indifférente ; en bibliographie, tout est important.

[3] C'est encore une erreur. La vignette, en laissant de côté les feuillets du préliminaire, se trouve au *verso* du 108ᵉ et non du 106ᵉ feuillet. De sorte que la vignette est réellement au *verso* du 132ᵉ feuillet du manuscrit.

le livre et le marche-pied. La vignette pour *le Jour
de la Toussaint* est fraîche et bien exécutée ; la figure
de saint André, particulièrement, fort brillante.
Le texte de la page vis-à-vis est d'or, la vignette de
la Trinité est déchirée, le texte de la page suivante
est en capitales d'or. Après le 100ᵉ feuillet : *Incipit
missa pro infirmis* [1]. Le texte finit au *verso* du 201ᵉ
feuillet [2]. Au total, ce manuscrit est fort curieux par
lui-même ; et si l'on considère son ancienneté, il se
trouve dans un bel état de conservation. Il a d'abord
appartenu à l'abbaye de Jumièges. C'est ce qui résulte du *memorandum* suivant, écrit à l'époque, de
la main de Robert, évêque de Londres (depuis archevêque de Cantorbery), et jadis chef de ce monastère.
Cet évêque mourut en 1053. Voici cette note. C'est
un anathème contre quiconque déroberait le manuscrit [3] : *Quem si quis vi vel dolo seu quoquo modo*

[1] Il est si vrai que la messe pour les malades commence
après le 100ᵉ feuillet, qu'elle se trouve en tête du 207ᵉ. Bien
des gens pourtant ne se contenteraient pas de ce nouveau
genre d'exactitude. C'est à peu près comme si l'on disait qu'à
onze heures trois quarts du soir il est plus de midi.

[2] Il y a deux cent vingt-sept feuillets, non compris le premier, dont j'ai parlé, et un autre blanc, qui est à la fin. Si l'on
ne compte pas les vingt-quatre du préliminaire, il en reste
encore deux cent trois ; et il en résulte une nouvelle erreur,
puisque le texte va jusqu'au dernier feuillet.

[3] M. Dibdin ne donne qu'une petite partie de cette note. La
voici tout entière :

Notum sit omnibus tam præsentibus quam futuris per succe-

isti loco subtraxerit, animæ suæ propter quod fecerit detrimentum patiatur, atque de libro viventium deleatur, et cum justis non scribatur.

Jetons maintenant un coup d'œil sur le compagnon de ce trésor antique. On l'appelle avec emphase le *Benedictionarius.* C'est un volume curieux; son antiquité est la même, plus reculée peut-être encore. Il offre un demi-pouce de moins en hauteur. Une page pleine contient vingt-deux lignes. Les

dentia tempora fidelibus, quod ego Robertus Abba Gemmetesium, prius post modum vero, sanctæ Londoniorum presul factus, dederin librum hunc sanctæ Mariæ in hoc mihi commisso monachorum sancti Petri cenobio, ad honorem sanctorum quorum hic mentio agitur, et ob memoriale mei ut hic in perpetuum habeatur. Quem si quis vi vel dolo seu quoquo modo isti loco subtraxerit, animæ suæ propter quod fecerit detrimentum patiatur, atque de libro viventium deleatur, et cum justis non scribatur.

(Ce qui suit est d'une encre beaucoup plus noire, mieux écrit et en plus petits caractères.) *Et severissima excomunicatione dapmnetur quis vel unum de palliis quæ dedi isti loco subtraxerit, sive alia ornamenta, candelabra argentea, seu aurum de tabula.* Amen.

Cette excommunication se trouve sur le plat intérieur de la reliûre, qui est en bois, et recouverte en peau d'un gris-blanc.

Je croirais volontiers que M. Dibdin ne s'est pas donné la peine de lire la note dans le manuscrit. Il en a vu un fragment dans une notice particulière, et il a copié le fragment de la notice, sans plus d'examen, persuadé que c'était là tout; mais c'était le manuscrit qu'il fallait lire; tout le monde y aurait gagné, M. Dibdin, ses lecteurs et son ouvrage.

caractères sont généralement d'une plus haute dimension. Les vignettes décrites par M. Gourdin *,
plus grandes que celles du *Missel*, sont moins déli-
cates et en plus petit nombre. Le premier modèle
d'encadrement est d'un dessin large et hardi. Le
second encadrement contient l'ange assis sur le
tombeau (après la résurrection de Jésus-Christ).
J'en ai pris un *fac simile* que je joins ici. (Suit le
fac simile.)

[* Dans une espèce de dissertation critique sur cet antique trésor, dissertation insérée aux *Mémoires de
l'Académie* (de Rouen), pour l'année 1812, pages
164—174, ce digne abbé et respectable bibliothécaire se plaît à accorder la préférence aux vignettes
du *Bénédictionaire* sur celles du *Missel* dont je viens
de donner la description. J'oserai cependant être
d'une opinion toute contraire. *Les figures*, dit
M. Gourdin, *sont beaucoup plus mal dessinées que
celles du Bénédictionaire; mais on peut dire que l'or
est prodigué dans ce Missel.* Je crois qu'il y a ici
quelque chose de plus qu'une simple profusion d'or;
tandis que les vignettes du *Bénédictionaire* sont
réellement moins bien entendues et moins animées.

Le *Bénédictionaire*, comme je l'ai dit, a donné
lieu à une dissertation critique de l'abbé Gourdin,
dans l'ouvrage que je viens de mentionner. Le but
de cette dissertation est la réfutation du sentiment
de l'abbé Saas, qui plaçait cet ancien manuscrit,
probablement sur la foi du P. Morin, au viiie siècle.
Montfaucon, sans avoir vu le livre, avait adopté

cette opinion ; mais M. Gourdin a très bien observé, d'après la mention faite au manuscrit de quelques saints (Swithin et Grimbald, ce dernier mort au commencement du xe siècle), que le livre ne pouvait être du viiie. Il paraît qu'il a été donné à la cathédrale de Rouen ; mais il restait une seconde question à résoudre, celle de savoir s'il avait été donné par Robert, archevêque de Rouen, ou par Robert, archevêque de Cantorbery, question sur laquelle une vive discussion s'est élevée entre l'abbé Saas et dom Tassin, l'un des auteurs du *Nouveau Traité de Diplomatique*. Que le manuscrit ait été donné par un archevêque du nom de Robert, nul doute : une ancienne note d'un vieux catalogue des livres de la cathédrale en est la preuve. Après six pages de critique bibliographique, M. Gourdin conclut, avec beaucoup de probabilité, que le volume dont il s'agit a été donné par Robert, archevêque de Rouen, mort en 1053. En conséquence, dit M. Gourdin, le manuscrit n'est ni du ixe ni du xiiie siècle ; mais, selon toute vraisemblance, du commencement du xie. La dernière partie du volume contient un pontifical, ou les formules et cérémonies observées dans l'office divin [1]. Mon ami le révérend H. Drury possède un très beau manuscrit du xii_e ou xiiie siècle

[1] M. Dibdin ne fait aucune mention de plusieurs pièces intéressantes qui se trouvent dans ce manuscrit, telles que le couronnement des rois anglo-saxons, les prières pour le couronnement des ducs de Normandie, etc.

Mon respectable prédécesseur a aussi rendu compte du *Missel* et du *Bénédictionaire*. Sans prétendre m'établir juge entre les deux savans bibliographes, je crois pouvoir affirmer que les

sur l'office de la cathédrale de Rouen. Ce volume vient de la collection de Mac-Carthy. Les initiales sont d'un style sévère et convenable, les caractères en grand semi-gothique, et l'encre tantôt rouge, tantôt bleue, mais plus souvent rouge. La formule de l'exorcisme au moyen de l'huile, aussi-bien que l'exorcisme lui-même (*Exorciso te creatura olei per Dominum patrem omnipotentem*, etc.), sont à la fois curieux et divertissans.]

Les blancs sont fortement touchés, et ont la rudesse de la peinture à l'huile. La dorure est moins bien exécutée que dans le *Missel*, et, sous le rapport de l'art, ce dernier est encore bien supérieur. Je joins ici deux traits représentant les coins supérieurs du quatrième et du sixième encadrement ; vous pouvez les comparer avec ce qui a déjà été mis sous les yeux du public, et vous convaincre par là de la contemporanéité de ces deux ouvrages.

Il y a plus de hardiesse dans *la Descente du Saint-Esprit* représentée par des jets de flammes sortant du bec ouvert de la colombe. Le manuscrit ne contient en tout que huit vignettes, dont trois avec figures. Le sujet de la troisième est *la Mort de la Vierge*. Le vélin est épais, mais doux ; et quoique ce volume, sous le rapport de la beauté graphique, soit inférieur au précédent, c'est néanmoins une

notices de M. Gourdin sont beaucoup plus satisfaisantes sous tous les rapports.

relique vénérable et très intéressante de l'art ancien. L'abbé Gourdin dit qu'un de nos compatriotes en a offert jusqu'à 15,000 francs; je regarde ce fait comme très douteux. Le *Missel*, qui à tous égards est un livre bien plus remarquable, peut valoir la septième partie de cette somme.

Parmi les autres manuscrits que j'ai vus, il s'en est trouvé peu ou point qui m'aient intéressé, du moins sous le rapport de l'art, de l'ancienneté, ou de leur mérite particulier. Et quand je manifestai le désir de faire de plus amples recherches, j'appris, avec autant de surprise que de douleur, qu'on n'avait trouvé jusqu'ici ni de salle pour les placer, ni l'occasion de les examiner. Leur nombre est à peu près de huit cents [1]. En d'autres termes, l'argent a manqué, et la salle de lecture, avec les rayons que l'on pourrait y établir, contiendrait facilement la totalité de ces livres non encore examinés [2]. J'ai cependant

[1] J'en ai trouvé trois cents de plus.

[2] Cette dernière remarque était juste au moment où M. Dibdin écrivait; elle a cessé de l'être aujourd'hui. Aussitôt mon entrée à la Bibliothéque, j'ai sollicité et obtenu une somme annuelle, pour acquisition de livres, et autres dépenses à faire dans l'établissement. Des rayons ont été disposés dans la salle de lecture. J'y ai rangé, non pas les manuscrits, qui auraient tapissé l'appartement d'une manière peu agréable, mais quatre mille volumes environ, qui m'ont laissé de la place dans l'intérieur de la Bibliothéque. Les manuscrits eux-mêmes ont été ouverts un à un; ils ont reçu un titre et un numéro; il en a été dressé, par ordre de matières, un catalogue que l'on peut déjà

glané quelque autre chose dans les manuscrits à vignettes, et je vous en ferai part. Un Ovide *moralisé,*
en français, grand *in-folio* à deux colonnes, caractères gothiques, minces et serrés, n'est point à mé-
priser, et peut servir d'amusement pendant une petite demi-heure. Les feuillets de ce volume sont évi-
demment très rognés. Les vignettes, pour le style et
pour la couleur, sont absolument semblables à celles
du roman d'*Alexandre,* dont j'ai donné une notice si
étendue (dans le *Décaméron*). Le fond de ces vignettes est diamanté; les figures sont de la même
hauteur; mais il n'y a pas ici de *drôleries,* et en général on y voit peu d'ornemens. Une vignette entre
autres est digne de remarque. Elle représente la
Fortune, les yeux bandés, au milieu de sa roue;
autour d'elle sont quatre personnages, parmi les-
quels un roi tout au haut de la roue, et un corps
absolument nu tout au bas. Après treize feuillets
de table, au bas du folio 59 ' recto, dont le texte
commence ainsi :

Se lescripture ne nous ment

consulter. Cette amélioration est due à la protection éclairée
des autorités administratives en général, et du conseil muni-
cipal en particulier, qui ne laissent échapper aucune occasion
de donner aux sciences, aux lettres et aux arts, une preuve
nouvelle de bienveillance et d'intérêt.

[1] Allez au *folio* 59, *recto*, vous n'y trouverez rien de cela.
L'écusson et les vers sont au *folio* 1er.

tout est pour ūre enseignement
qü qu'il a en liures escript
soient bon ou mal li escript

est un écusson d'azur à cinq balles d'argent [1]. A la
fin du volume, qui devient alors très sale, on lit :

Explicit
Ci finent les fables douide le grant.

Un autre manuscrit digne d'être cité, c'est le
*Livre historial des faits de feu messire Bertrand du
Guesclin,* jadis connétable du royaume de France.
Cet intéressant manuscrit a été donné à la Bibliothéque [2] par l'abbé Desjardins, chanoine de la cathédrale de Rouen, en 1640. L'abbé Saas y a placé
une note fautive selon M. Gourdin, qui renvoie à
la *Bibliothéque historique* de Lelong, art. 13495-6.
Ce manuscrit, en prose, est exécuté en gros caractères gothiques. On y lit à la fin :

en vng tēps qui a yuer nõ
ou chastel royal de Vernon
qui ist aux chãps & a la ville
fist iehannet destoutenville
au dit chastel lors capitaine
aussi de vernõmel sur saine
et du roi escuier de corps
mectre en prose vñ mē recors
ce liure cy extrait de rime
complet en mars dix et neufuieme

[1] Il y en a six, et un chef d'or, qui n'est pas mentionné par
M. Dibdin.
[2] Il fallait ajouter : de la cathédrale.

qui de lan la date ne sect
mil. ccc. quatre vins & sept.

Ce volume est en bon état, relié en planches
couvertes d'un velours rouge. J'ai encore examiné
un manuscrit vieux et curieux, traitant de diverses
matières. Il est relié en bois, et présente sur chacun
des côtés une grande figure de neuf pouces environ
de haut, ciselée en ivoire. On appelle ce volume le
Livre d'ivoire; il peut être du xive siècle. J'eus beaucoup de plaisir à feuilleter un autre vieux manuscrit
d'*Homélies* et de *Sermons,* dont quelques uns sont
de saint Jérôme. Il est du xiie siècle, et il offre deux
ou trois majuscules initiales bien exécutées dans leur
bizarrerie. J'ai surtout été frappé de la forme ingé-
nieuse des M et des P. [1]

Des manuscrits, il est naturel de passer aux livres
imprimés. Lorsque je pris place pour la première
fois parmi les lecteurs de la Bibliothèque, je m'amu-
sai beaucoup en trouvant à ma gauche mon *vieux*
ami, le portier ou cicerone, gravement assis, ses
lunettes sur le nez, et lisant avec attention un ouvrage moderne, intitulé, je crois, *Précis de la Révolution française.* En général, les lecteurs, qui

[1] La Bibliothéque possède d'autres manuscrits fort curieux
et très intéressans. On ne peut reprocher à M. Dibdin le silence
qu'il observe à leur égard; mais je dois faire remarquer qu'il
ne faut pas prendre une idée de nos richesses en ce genre
d'après l'ouvrage de M. Dibdin.

étaient en petit nombre, ne se faisaient pas remarquer par le soin de leur habillement; je n'en excepte pas le vénérable bibliothécaire en chef lui-même. Mais ils rachètent quelquefois ces négligences extérieures par l'importance et l'utilité de leurs recherches. C'est ainsi que j'ai vu un jeune homme, à l'air sombre, consultant sans peine le Lexique arabe de Castel, pour se faciliter l'intelligence d'un grand *in-folio* arabe et latin ; tandis qu'à ma droite était assis un homme d'un certain âge, soigneusement occupé à compulser l'*Index chronologicus du Recueil des historiens des Gaules*, de Bouquet. Mais ceci est fort indifférent [1]. Je passe de suite aux livres, particulièrement à ceux du xve siècle. Le plus ancien ouvrage qu'ils possèdent de cette époque est :

Sancti Jeronimi Epistolæ, imprimé par *Sweynheym* et *Pannartz*, en 1468, 2 *vol. in-folio*, bel exemplaire, mais rogné. Il est à sa seconde reliûre, et un peu mangé des vers sur la fin.

S. Augustinus de Civitate Dei, imprimé par *J. de Spire*, en 1470, *in-folio*, le plus grand et le plus

---

[1] Rien de moins nécessaire à dire en effet. En général, il y a beaucoup de ces observations plus que futiles dans l'ouvrage de M. Dibdin. Qu'avaient à faire là, je le demande, et le vieux portier, et ses lunettes, et l'habillement peu soigné (dit-on) des lecteurs et du vénérable bibliothécaire lui-même, et le jeune homme à l'air sombre, et tout le reste? M. Dibdin s'abandonne trop facilement à cet esprit de raillerie qui l'entraîne, bien malgré lui sans doute, au-delà des convenances et du bon ton.

3

bel exemplaire que j'aie jamais vu de ce livre, d'ailleurs assez commun. Il est dans sa reliûre primitive; plusieurs feuillets sont inégaux. [1]

MANIPULUS CURATORUM, imprimé par *Cæsaris* seul (sans son compagnon *Stol*), 1473, *Paris, in-folio.* C'est un échantillon fort ancien des presses de cet imprimeur; malheureusement c'est ici un très mauvais exemplaire.

SPECULUM HISTORIALE VINCENTII BELLOVACENSIS, imprimé par *Mentelin*, 1473, 4 *vol. in-folio,* avec le nom de l'imprimeur à chaque volume. L'exemplaire est sale et rogné. [2]

ZOPHILOLOGIUM, *editum a fratre Jacobo Magin de Parisius, ordinis heremitarum sancti Augustini, finit feliciter, in-folio,* sans date, remarquable par la forme particulière de la lettre R. Quant au nom de l'imprimeur, toutes recherches ont été jusqu'ici sans succès. Ouvrez le premier volume de la *Bibl. Spenceriana,* et vous trouverez un *fac simile* de cette lettre à long jambage. Dans le même volume se trouve une édition des trois rois de Cologne, très bien imprimée par *Guldenschaiff,* en 1477. L'exemplaire est rogné.

[1] Je mets feuillets inégaux pour mettre quelque chose, car j'ai en vain cherché dans l'état du livre l'application de cette épithète *rough,* employée par M. Dibdin.

[2] Quelques feuillets du premier volume *seulement* présentent des jaunissures; mais les trois autres volumes sont dans un état de propreté parfait.

TRACTATUS DE QUÆSTIONIBUS SEC. BALBUM, imprimé à *Paris,* en 1477, sans nom d'imprimeur. J'avoue que le caractère, comme production parisienne, est tout-à-fait nouveau pour moi. Il ressemble à l'ancien petit caractère de Pynson ; mais il est certainement le modèle sur lequel Vostre, Eustace, Bonfons, etc. ont formé le leur. Peut-être ce volume a-t-il été exécuté par l'imprimeur de la Chronique de saint Denis, 3 *vol. in-folio,* 1476.

JUSTINUS, imprimé par *Philippe Condam Petri,* 1479, *in-folio.* C'est le plus ancien classique imprimé de la Bibliothéque. Mais comme échantillon de l'ancienne imprimerie, il vaut à peine un louis ou deux.

BIBLIA SACRA, *latine,* imprimée par *Koberger,* en 1480. C'est leur plus ancienne Bible. Ils devraient en avoir une plus vieille de dix-huit ans. Retirez 18 de 1480, reste 1462. Vous m'entendez. [1]

LA VIE DES PÈRES, 1486, *in-folio,* exemplaire insignifiant. M. Gourdin pense que c'est la première et la seule édition de cet ouvrage dans le xvᵉ siècle ; mais il se trompe. [2]

---

[1] On croit qu'il s'agit ici de l'erreur d'un libraire de Rouen, commise au profit de M. Dibdin. J'en serais d'autant plus satisfait, que l'obscurité de son langage a déjà donné lieu aux interprétations les plus graves et les plus fâcheuses.

[2] Sans parler du ton léger que ces mots , *il se trompe,* mis en français, impriment à la phrase de M. Dibdin, je dirai que M. Gourdin n'a exprimé qu'un doute. M. Dibdin ne pouvait

CICERONIS EPISTOLÆ FAMILIARES, imprimé en 1488, le plus ancien Cicéron du xve siècle. Il y a des bibliothéques, particulières aussi-bien que publiques, qui possèdent un peu plus d'imprimés de cet auteur à la même époque.

Notons en passant LA LÉGENDE DORÉE, de 1486; LA MER DES HISTOIRES, par mon vieil ami *Philippe Le Rouge*, en 1488; un CATHOLICON, de 1489, et LE SONGE DU VERDIER, 1491. Ce dernier est première édition. Je voulais jeter un coup d'œil sur le SACRAMENTO DE LA PENITENCIA, imprimé à *Séville*, en 1492; mais M. Fossard, dont les attentions ne se démentirent pas, et qui dans ses recherches se couvrait de poussière et de toiles d'araignée[1], ne put mettre la main dessus.

Un mot maintenant sur les *Missels* et *Bréviaires* à l'usage de l'église de Rouen. Il y a ici un exemplaire réglé et lavé, sur papier, du Missel imprimé à Paris,

l'ignorer, puisqu'il a eu sous les yeux le catalogue de nos ouvrages du xve siècle, catalogue écrit tout entier de la main de M. Gourdin, et où se trouvent ces mots : *peut-être seule édition.*

[1] Qu'il y ait sur certains livres, dans une grande bibliothéque, un peu de poussière, on le conçoit; mais qu'on s'y couvre de toiles d'araignée, cela supposerait négligence dans le chef, et mon prédécesseur n'était pas homme à mal tenir un établissement de ce genre. M. Fossard me prie d'ajouter qu'il n'est pas étonnant qu'à cette époque M. Dibdin ait été privé de voir un des volumes qu'il désirait examiner, attendu que si le catalogue des ouvrages du xve siècle était fait, les ouvrages eux-mêmes n'étaient pas encore classés.

en 1491, *in-folio;* un autre du Bréviaire imprimé à
Paris par *Levet*, pour *Bernard*, libraire à Rouen,
même date, *in-folio;* et une édition du Bréviaire
imprimé à Rouen, en 1491. Mais les éditions *in-folio*
imprimées par *Morin*, en 1495 et 1499, sont de su-
perbes livres, d'autant plus qu'ils sont imprimés sur
Vélin. Le premier est sali par l'action du pouce; le
second est frais, beau, brillant, et se présente avec
un titre magnifique. Ils ont un double exemplaire
du dernier, également beau, et aussi sur Vélin,
avec cette différence qu'il y a un ornement au bas
du titre. On trouve aussi un feuillet manuscrit au
milieu du second exemplaire. [1]

Une édition de l'Office de la cathédrale (partie
d'hiver), imprimée par *Jean de Bourgoys*, en 1492,
in-8. sur Vélin, présente un beau modèle d'impression; mais l'exemplaire est rogné.

Nous pouvons varier notre entretien bibliographique par une notice ou deux sur les classiques
des Aldes. Il y a ici une édition propre, belle, mais
rognée, du premier *Théocrite*, en 1495; une autre
d'*Aristophane*, en 1498, également fraîche, et
digne d'être recherchée; une autre édition com-
plète, propre et parfaite, des *Epistolæ diversor.
philos. et orator.*, 1499, *in*-4.; et un très bon exemplaire du second *Démosthène*, en 1504. Dans tout

---

[1] M. Dibdin ne parle pas de plusieurs vignettes qui se trouvent dans chacun de ces Missels.

cela, cependant, il n'y a rien dont on puisse se vanter [1]. Je terminerai mes remarques sur les imprimés du xve siècle, par une mention de :

HORATIUS, 1492 ; 1498, *in-folio*. Le premier contient les commentaires d'*Acre* et de *Porphyre ;* le second a des ornemens en bois très connus ; mais une particularité assez digne d'attention, c'est qu'il paraît manquer une figure au milieu du compartiment, au LXXXIXe feuillet [2]. Autant que j'ai pu l'estimer, ils possèdent 245 articles du xve siècle, avec date, et environ 88 de la même époque, sans date. Mais les caractères et l'état de ces ouvrages sont en général d'un mérite très secondaire, et l'on pourrait, en conscience, se passer des deux tiers de la collection.

Parmi les livres les plus curieux et les plus rares du xvie siècle, je ne citerai que les suivans :

VICTORIA PORCHETI ADVERSUS IMPIOS HEBRÆOS, etc. 1520, joli petit *in-folio,* imprimé par *Desplain,* pour *Gourmont* et *Regnault,* sur Vélin. Il vient de la bibliothèque de l'abbaye de Jumièges. [3]

---

[1] Après ce qu'on vient de lire, notamment des Missels imprimés par *Morin*, M. Dibdin est ici en contradiction manifeste avec lui-même.

[2] Le renseignement est mal fourni. Il fallait dire : il manquait apparemment un personnage au milieu du compartiment du LXXXIXe feuillet ; on en a tracé un grossièrement à la plume.

[3] Les catalogues de la Bibliothèque publique ne font aucune mention de cet ouvrage.

FLOS SANCTORUM. *Toledo*, 1582, *in-folio*, volume curieux, rempli d'histoires légendaires d'un grand intérêt, comme M. *Southey* nous a mis à même de le connaître par toutes les citations qu'il a eu l'occasion d'en faire.

ACTA SANCTORUM. 52 vol. [1] comprenant une partie du mois d'octobre. Exemplaire estimable, délicatement relié en veau, selon l'ancienne manière, avec des ornemens d'or. [2]

Au total, la Bibliothèque publique possède vingt mille [3] volumes environ. Hélas! elle était jadis bien plus considérable. Pendant la révolution, elle se glorifiait de deux cent cinquante mille volumes, dont une portion considérable avait été enlevée aux bibliothèques des émigrés, qui toutefois sont rentrés en partie dans leurs propriétés. En outre, pendant la plus extravagante de toutes les manies, la manie révolutionnaire, on a vendu la plus grande partie de la bibliothèque pour la misérable somme de 20,000 francs; et l'on suppose que dix mille volumes au moins ont été brûlés publiquement sur la place des Carmes, à cinquante verges du lieu

[1] Il n'y en a que cinquante et un, et l'édition n'est pas du xvie siècle.

[2] With gilt *tooling*. Si ce dernier mot est anglais, ce n'est pas, je crois, depuis bien long-temps. Du moins n'est-il pas usité, et j'ai été obligé de l'expliquer par son analogie avec *tool*, outil, instrument.

[3] Il y en a aujourd'hui plus de vingt-cinq mille.

même où ces lignes sont tracées. Il me semble encore respirer l'odeur suffocante qu'exhalait la fumée de cet embrasement sacrilége. Combien de trésors cachés, de romans, de chroniques, ont été engloutis peut-être dans ce tourbillon politique ' ! Un seul mot maintenant sur les finances de la Bibliothéque publique. L'année dernière, on n'avait dépensé pour elle que 1000 francs; c'était tout ce qu'on avait pu mettre de côté en sa faveur. Mais que direz-vous, quand vous saurez que j'appris, à la dernière séance de l'Académie royale (par une réponse à quelques questions officielles du ministre de l'intérieur), que les fonds annuels de la Société ne consistent qu'en 1800 francs ?

J'ai suivi avec attention deux séances de cette

' J'accorde que la réunion des livres de toutes les communautés religieuses et des bibliothéques particulières, formait un total d'environ deux cent cinquante mille volumes; je sais aussi qu'on en a vendu une partie; il est encore vrai qu'on en a rendu un très grand nombre; mais que dix mille volumes aient été brûlés publiquement, *c'est une fable.* La place des Carmes elle-même n'existait pas à l'époque dont parle M. Dibdin, et *pas un livre n'a été brûlé.* Une personne mal instruite aura confondu avec certains registres de la cour des comptes, et M. Dibdin aura répété un faux renseignement. De toutes les villes du royaume, Rouen est peut-être celle où il s'est commis le moins d'excès pendant la révolution. Ce n'est pas ici le lieu de développer cette assertion; mais je répéterai, à ce qu'on n'en ignore, et parce que je ne saurais trop le répéter : *pas un livre n'a été brûlé.*

Société, qui peut se glorifier de plusieurs membres distingués et savans. On se réunit une fois la semaine, le vendredi, à six heures. On se sépare à huit. M. *Vitalis,* qui occupait le fauteuil du président, entend fort bien l'anglais ; c'est un homme respectable et très instruit. J'ai retrouvé en lui une image fidèle des Français d'autrefois[1]. Il y avait environ trente membres présens ; un ordre parfait régnait dans l'assemblée ; et quelques discussions, qui s'élevèrent en forme de débats, furent agitées avec autant de décence que d'esprit. J'ai entendu la lecture d'un Voyage dans la partie des Alpes qui borne l'Italie, et entrepris dans le dessein de faire des recherches botaniques. Cette lecture reçut de justes éloges. Il est vrai de dire que la botanique est l'objet favori de l'attention de presque tous les membres de la Société[2] ; mais j'espère que le bon M. Le Prevost ne voudra pas perdre de vue les antiquités locales, sujet qu'il est en état sous tous les rapports de traiter avec autant de charme que d'érudition. Quel volume on pourrait écrire sur la seule ville de Rouen ! L'Académie fait imprimer, mais non pour le public, un *Précis analytique* de ses

---

[1] Cet phrase offre, je crois, un double sens ; aurai-je saisi le véritable ?

[2] Erreur qui ne tire pas à conséquence. Mais enfin il n'y a pas plus de quatre ou cinq membres de l'Académie qui fassent de la botanique l'objet particulier de leurs études.

Mémoires * ; et vous saurez que , n'eût été l'active complaisance de M. Le Prevost, je n'aurais jamais pu procurer à lord Spencer un exemplaire complet de cette collection, composée de 15 vol. *in*-8°. Dans la Bibliothéque d'Althorp, un ouvrage de cette nature est indispensable ; d'autant plus que j'appris, en quittant l'Angleterre, que ni le Muséum britannique, ni la Bibliothéque *bodleian,* ne possèdent, sous ce rapport, d'assortiment complet.

* *Un Précis analytique de ses Mémoires.* [Voici en peu de mots l'histoire de cette Société. Elle fut fondée en 1744. Un *Précis analytique* de ses travaux depuis l'époque de son établissement jusqu'à l'année de sa restauration, en 1803, fut publié dans les années 1814, 1816 et 1817. Les trois volumes sont divisés de la manière suivante : celui de 1814, qui est le premier, donne l'histoire de 1744 à 1750; celui de 1816, de 1751 à 1760 ; et celui de 1817, de 1761 à 1770. Ce qui est arrivé de la Société depuis 1770 jusqu'à l'époque où la révolution vint interrompre ses travaux, ou si la Société les a discontinués dans cette année 1770, je ne saurais le dire, attendu que l'exemplaire probablement complet que je dois à l'amabilité de M. Le Prevost ne me donne à la suite que le *Précis des travaux de l'Académie, en* 1804 [1].

[1] Il est facile de satisfaire M. Dibdin. A l'époque de son passage à Rouen, il n'y avait que trois volumes de publiés pour l'Histoire de l'ancienne Académie, et ces trois volumes n'allaient effectivement que jusqu'en 1770. Depuis, deux autres volumes ont paru, et sont venus compléter l'histoire jusqu'en 1804,

Ce dernier fut imprimé en 1807. Depuis cette dernière époque (1804), la série marche successivement jusqu'à l'année 1815, le *Précis* de ces *Mémoires,* pour une année, étant régulièrement imprimé l'année suivante. Ainsi, y compris les trois volumes publiés en 1814, 1816 et 1817, comme supplément de l'histoire abrégée des travaux jusqu'en l'année 1770, il y aura en tout seize volumes. L'ouvrage est publié *in-8°,* sur papier médiocre, et l'impression ressemble au papier. Le titre est uniformément celui-ci : *Précis analytique des travaux de l'Académie des sciences, des belles-lettres et des arts de Rouen ;* de l'imprimerie de P. Periaux, imprimeur du Roi et de l'Académie. Il n'y a pas de gravures, mais quelques tableaux offrant le résultat de divers calculs ou expériences. En général, les *Mémoires* ne paraissent que par extraits ; il y en a cependant plusieurs dont l'Académie a ordonné l'impression en entier dans ses actes. Ces *Mémoires,* comme ceux de notre Société royale, sont presque entièrement scientifiques. La chimie, la botanique et la médecine sont très cultivées à Rouen.

Dans le dernier volume, publié en 1817, et relatif aux travaux de l'année précédente, le cours des études ordinaires s'est un peu détourné pour entrer dans les canaux de la politique. Tout se rapporte à *Louis le Désiré.* Les Français sont d'admirables maîtres en fait de transitions brusques [1]. Ainsi, à l'oc-

époque à partir de laquelle un volume se publie régulièrement tous les ans.

[1] En 1814, une députation de l'Académie de Rouen fut admise à présenter au Roi les respectueux hommages de la Com-

casion de l'inauguration du buste de Louis xviii ,
M. Gourdin , président , a prononcé un discours
dont voici le commencement : « Messieurs , la céré-
« monie qui nous rassemble aujourd'hui est égale-
« ment auguste et touchante. Elle est auguste, puis-
« qu'il s'y agit de l'inauguration du buste de notre
« monarque ; elle est touchante , puisque ce sont des
« enfans réunis autour de l'image de leur père , pour
« lui payer le tribut de leur amour. C'est donc une
« fête de famille. Ah ! messieurs , qu'elle est douce
« pour nos cœurs ! » Le discours de M. Gourdin a été
suivi d'un autre encore plus ardent et plus rempli
de louanges. Il est de M. Boitard , ingénieur en chef,
chevalier de l'ordre royal de la Légion d'honneur,
qui termine ainsi : « Vivent les Bourbons ! vive le
« Roi !.... vive le Roi ! vivent les Bourbons ! » Mon
honorable connaissance , M. Duputel , dont j'ai mentionné plus haut , avec éloge , les productions poé-
tiques séparément imprimées , a fait succéder à ces

pagnie. Le Roi daigna recevoir avec bonté cette députation, et
voulut bien autoriser l'Académie à reprendre son ancien titre,
Académie royale. La société , pour donner au monarque un
témoignage de sa reconnaissance et de son dévoûment, décida
que le buste du Roi serait placé dans le lieu ordinaire de ses
séances. Le jour de cette inauguration , plusieurs membres de
l'Académie payèrent un tribut particulier d'admiration au
prince qui nous a rendu la paix et le bonheur. Voilà ce que
M. Dibdin appelle une *transition brusque*. L'expression n'est
pas heureuse, il faut en convenir; et si j'avais, moi , des
exemples de *transitions brusques* à produire, je n'irais pas les
chercher bien loin en ce moment.

témoignages de loyauté en prose les inspirations de sa propre muse, ainsi qu'il suit :

HOMMAGE A LOUIS LE DÉSIRÉ.

IDYLLE.

Vous du docte Parnasse et l'amour et l'honneur,
    Au son de la trompette,
Des vertus de Louis célébrez la grandeur.
    Une simple musette
Sied mieux à mon esprit et plaît mieux à mon cœur.

Il est probable (ajoute M. Dibdin) qu'on ne lit rien de pareil dans les Mémoires de nos propres Sociétés..... Qu'en devons-nous conclure?][1]

Adieu, maintenant, à Rouen. Je vous ai communiqué tout ce qui m'a paru digne de l'être. Je me suis efforcé de vous faire voyager avec moi dans les rues, la cathédrale, les abbayes et les églises. Nous avons, du moins en imagination, parcouru ensemble les quais, les places et les monumens publics. Nous avons contemplé avec ravissement, du haut de la montagne Sainte-Catherine, le tableau enchanteur formé par la ville, la rivière et les collines d'alentour. Là, nous avons en quelque sorte respiré l'air

---

[1] On ne peut guère se tromper sur l'intention de l'auteur ; mais sans parler de l'Académie en général, je ferai observer que mon confrère M. Duputel ne saurait accepter ici ni louange ni critique, attendu que les vers qui lui sont attribués par M. Dibdin *sont d'un autre.* Comment M. Dibdin a-t-il pu se tromper, le livre à la main ?

pur du ciel. Nos regards ont embrassé cette contrée
aussi embellie par les arts qu'elle est favorisée de
la nature. Du haut de cette montagne, nous avons
souhaité, dans nos âmes, santé, richesse et bonheur
à ce pays fécond en blés, en vins, en huile et en
joie [1]. Nous avons prié en silence, mais avec sincé-
rité, pour que les épées fussent à jamais changées
en socs de charrue, et les lances en faucilles [2]; pour
que toutes les haines, les antipathies, les animosités
s'éteignissent sans retour, et que dorénavant il ne
s'élevât de rivalités nationales que celles qui ten-
draient à fonder sur une base plus large et plus solide
la paix et le bonheur parmi les hommes, quelle que
fût leur croyance; parmi ces hommes qui étudient
avec soin tous les genres d'amélioration, et qui rem-
plissent à la fois leurs obligations envers la société,
et les devoirs sacrés que la morale et la religion
nous imposent [3]. O mon ami! ce ne sont point là
de folles idées, ni les vœux d'une imagination
exaltée; ils naissent naturellement dans une âme
honnête qui, voyant la nature entière animée, sou-

[1] Ce passage de la lettre de M. Dibdin rappelle cette autre
du Deutéronome : *Terram frumenti, hordei, ac vinearum.......
terram olei ac mellis.*

[2] Traduction de ce passage d'Isaïe : *Et conflabunt gladios suos
in vomeres, et lanceas suas in falces.*

[3] Si M. Dibdin ne s'était livré qu'à des digressions de cette
nature, il aurait trouvé en France un chorus universel, un
concert de vœux unanimes.

tenue par un seul et même pouvoir, désire ardemment que toute la création jouisse d'un bonheur égal, en se confiant à la clémence et à la bonté du Créateur.

Descendus de cette éminence, nous avons cherché des promenades plus modestes. Nous avons visité les hôpitaux, parcouru les jardins fleuris, fréquenté à la fois les librairies et les bibliothèques, séjour des auteurs morts ou vivans; nous avons vu les restes silencieux, mais toujours éloquens, de l'antiquité, depuis le ciseau du sculpteur jusqu'au pinceau de l'enlumineur de vignettes; enfin, nous livrant à nos goûts les plus chers, nous avons trouvé, dans la recherche des vieux livres, toutes les jouissances attachées au souvenir d'un ancien ami. Ainsi, maintenant, adieu. Recommandez-moi à votre famille et à nos amis communs, surtout aux *Roxburghers*, dans le cas où ils s'informeraient de leur vice-président voyageur. Bien des jours s'écouleront encore, bien des lieues seront parcourues avant que je puisse me réunir à mes confrères. Plus de fêtes pour moi, à Clarendon, jusqu'à l'an de Notre-Seigneur 1819. Adieu une seconde fois. J'ai loué un bon cabriolet, deux chevaux à l'avenant, et un postillon qui promet plus encore. Dans vingt-quatre heures, je tournerai tout-à-fait le dos à la chère vieille Angleterre, pour traverser une contrée sur laquelle nos anciens rois ont exercé leur pouvoir, et où chaque mille carré

(j'ai presque dit chaque acre) intéresse également l'antiquaire et l'agriculteur. Je vous salue bien, et suis toujours votre dévoué. [1]

[1] Il est bien entendu que tout ce que j'ai dit de l'ouvrage de M. Dibdin n'est relatif qu'aux lettres sur Rouen en général, et presque toujours à la Lettre neuvième. Je suis très disposé à croire que le reste est plus exact, et de nature à exciter moins de réclamations. Sans cela, il faudrait désespérer de l'utilité du livre. D'un autre côté, s'il m'était arrivé à moi-même de n'avoir pas toujours saisi le sens rigoureux du texte, j'affirme que j'aurais commis une infidélité bien involontaire. Peut-être alors pourrais-je alléguer en ma faveur l'obscurité de certains passages, la physionomie particulière du style de M. Dibdin; mais je crois sincèrement m'être mis à l'abri de tout reproche sérieux à cet égard. J'ai dit, je crois, tout ce que j'avais à dire : *So now, farewell.*

FIN DE LA LETTRE NEUVIÈME.

VOYAGE PITTORESQUE

EN FRANCE ET EN ALLEMAGNE,

RELATIF

A LA BIBLIOGRAPHIE ET AUX ANTIQUITÉS,

PAR LE REV. TH. FROGNALL DIBDIN.

www.ingramcontent.com/pod-product-compliance
Lightning Source LLC
Chambersburg PA
CBHW061707180626
46818CB00003B/1296